国家出版基金项目
NATIONAL PUBLICATION FOUNDATION

记住乡愁
——留给孩子们的中国民俗文化

刘魁立◎主编

第六辑 口头传统辑（二）

本辑主编 杨利慧

创世神话

杨利慧◎著

黑龙江少年儿童出版社

编委会

序

亲爱的小读者们，身为中国人，你们了解中华民族的民俗文化吗？如果有所了解的话，你们又了解多少呢？

或许，你们认为熟知那些过去的事情是大人们的事，我们小孩儿不容易弄懂，也没必要弄懂那些事情。

其实，传统民俗文化的内涵极为丰富，它既不神秘也不深奥，与每个人的关系十分密切，它随时随地围绕在我们身边，贯穿于整个人生的每一天。

中华民族有很多传统节日，每逢节日都有一些传统民俗文化活动，比如端午节吃粽子，听大人们讲屈原为国为民愤投汨罗江的故事；八月中秋望着圆圆的明月，遐想嫦娥奔月、吴刚伐桂的传说，等等。

我国是一个统一的多民族国家，有 56 个民族，每个民族都有丰富多彩的文化和风俗习惯，这些不同民族的民俗文化共同构筑了中国民俗文化。或许你们听说过藏族长篇史诗《格萨尔王传》

中格萨尔王的英雄气概、蒙古族智慧的化身——巴拉根仓的机智与诙谐、维吾尔族世界闻名的智者——阿凡提的睿智与幽默、壮族歌仙刘三姐的聪慧机敏与歌如泉涌……如果这些你们都有所了解，那就说明你们已经走进了中华民族传统民俗文化的王国。

你们也许看过京剧、木偶戏、皮影戏，看过踩高跷、耍龙灯，欣赏过威风锣鼓，这些都是我们中华民族为世界贡献的艺术珍品。你们或许也欣赏过中国古琴演奏，那是中华文化中的瑰宝。1977年9月5日美国发射的"旅行者1号"探测器上所载的向外太空传达人类声音的金光盘上面，就录制了我国古琴大师管平湖演奏的中国古琴名曲——《流水》。

北京天安门东西两侧设有太庙和社稷坛，那是旧时皇帝举行仪式祭祀祖先和祭祀谷神及土地的地方。另外，在北京城的南北东西四个方位建有天坛、地坛、日坛和月坛，这些地方曾经是皇帝率领百官祭拜天、地、日、月的神圣场所。这些仪式活动说明，我们中国人自古就认为自己是自然的组成部分，因而崇信自然、融入自然，与自然和谐相处。

如今民间仍保存的奉祀关公和妈祖的习俗，则体现了中国人崇尚仁义礼智信、进行自我道德教育的意愿，表达了祈望平安顺达和扶危救困的诉求。

小读者们，你们养过蚕宝宝吗？原产于中国的蚕，真称得上伟大的小生物。蚕宝宝的一生从芝麻粒儿大小的蚕卵算起，中间经历蚁蚕、蚕宝宝、结茧吐丝等过程，到破茧成蛾结束，总共四十余天，却能为我们贡献约一千米长的蚕丝。我国历史悠久的养蚕、丝绸织绣技术自西汉"丝绸之路"诞生那天起就成为东方文明的传播者和象征，为促进人类文明的发展做出了不可磨灭的贡献！

小读者们，你们到过烧造瓷器的窑口，见过工匠师傅们拉坯、上釉、烧窑吗？中国是瓷器的故乡，我们的陶瓷技艺同样为人类文明的发展做出了巨大贡献！中国的英文国名"China"，就是由英文"china"（瓷器）一词转义而来的。

中国的历法、二十四节气、珠算、中医知识体系，都是中华民族传统文化宝库中的珍品。

让我们深感骄傲的中国传统民俗文化博大精深、丰富多彩，课本中的内容是难以囊括的。每向这个领域多迈进一步，你们对历史的认知、对人生的感悟、对生活的热爱与奋斗就会更进一分。

作为中国人，无论你身在何处，那与生俱来的充满民族文化DNA的血液将伴随你的一生，乡音难改，乡情难忘，乡愁恒久。这是你的根，这是你的魂，这种民族文化的传统体现在你身上，是你身份的标识，也是我们作为中国人彼此认同的依据，它作为一种凝聚的力量，把我们整个中华民族大家庭紧紧地联系在一起。

《记住乡愁——留给孩子们的中国民俗文化》丛书，为小读者们全面介绍了传统民俗文化的丰富内容：包括民间史诗传说故事、传统民间节日、民间信仰、礼仪习俗、民间游戏、中国古代建筑技艺、民间手工艺……

各辑的主编、各册的作者，都是相关领域的专家。他们以适合儿童的文笔，选配大量图片，简约精当地介绍每一个专题，希望小读者们读来兴趣盎然、收获颇丰。

在你们阅读的过程中，也许你们的长辈会向你们说起他们曾经的往事，讲讲他们的"乡愁"。那时，你们也许会觉得生活充满了意趣。希望这套丛书能使你们更加珍爱中国的传统民俗文化，让你们为生为中国人而自豪，长大后为中华民族的伟大复兴做出自己的贡献！

亲爱的小读者们，祝你们健康快乐！

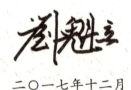

二〇一七年十二月

目 录

走进奇妙的神话世界

| 走进奇妙的神话世界 |

大家一定听过神话故事吧？是不是觉得很神奇？的确，神话故事中充满了奇异的形象和奇特的想象。比如在中国的神话传说中，太阳里住着三足乌，它们每天驮着太阳东升西落（《山海经·大荒东经》等有记载）；钟山之神叫作烛九阴（一说烛龙），它的样子很怪，长着人的脸、蛇的身子，而且全身都是红色的。它睁开眼睛时就是白天，闭上眼睛时就是黑夜；它一吹气就形成

| 当代艺术家结合《山海经》和想象雕刻的烛龙 |

| 剪纸作品《嫦娥奔月》|

川道路，肌肉化为田地，发髭化为星辰，皮肤化为草木，齿骨化为金石，骨髓化为珠玉，汗流化为雨水，身上的各种虫子，在风的吹拂感应下，化为黎民百姓（《绎史》卷一引《五运历年纪》）；而嫦娥偷吃了西王母给的不死药，飞到月亮上去，结果变成了一只蟾蜍，做了月神（《全上古三代秦汉三国六朝文》辑《灵宪》）……

你们瞧，神话里充满了现实生活中不存在的形象和不可能发生的事情。神话为我们打开了一扇窗，通过这扇窗，我们能看到一个广袤而神奇的世界。

世界上几乎所有的民族都拥有属于自己的神话。作为一种重要而独特的文化现象，神话在人类的童年时期

了冬天，一呼气就形成了夏天；它不吃不喝，也不休息，它的气息形成了风（《山海经·海外北经》）；又说盘古死后，气息化为风云，声音化为雷霆，左眼化为太阳，右眼化为月亮，四肢五体化为大地的四极和五岳，血液化为江河，筋络血脉化为河

即已产生，并且一直伴随着人类的成长。神话被深深地镌刻上了它所赖以生存和传承的人类群体的思维、情感和社会生活的烙印。因此，神话为我们了解人类的精神、智慧、思维以及社会发展的历程提供了重要的途径。

一、什么是神话?

"神话"（myth）这个词，我们在日常生活中经常能听到或者看到。比如，有评论将中国多年来一直保持经济持续高速增长称为"中国创造了一个神话"；成龙主演的影片《神话》讲述了一个穿越时空、如梦似幻的

古希腊神话中的众神之王宙斯的雕像

凄美爱情故事；在美国，自称目睹飞碟、巫师通灵等神秘事件的经历也常常被归属为"神话"或"神话学（mythology）"……可见，在日常生活中，"神话"常表示那些不可思议的或者虚幻、不真实、令人迷惑不解的事情。

但是，作为一门学科，神话学上所讲的"神话"的含义与日常生活中所使用的"神话"的含义并不相同，有时甚至截然相反。

今天汉语里使用的"神话"一词，是从日语转译而来，日语中的"神话"又是英语中的 myth、德语中的 mythe、mythus、mythos 和法语中的 mythe 等的音译词，而它们归根结底又都源于希腊语中的 muthos 或 mythos，有词语、故事、叙事之意。在神话学领域，要回答"什么是神话"这个问题并不简单，因为不同的学者对此有不同的看法。日本著名民族学家大林太良曾经断言："我们可以毫不夸张地说，有多少学者研究这个问题，就有多少个对于神话的定义。"由于学者们的学术背景和对神话的认识多有差异，所以他们对神话的界定往往大相径庭。比如波兰裔英国社会人类学家马林诺夫斯基根据他在新几内亚的特洛布里恩德岛上的田野调查的结果，认为神话与故事、传说不同，它不只被看作是真实的，而且还被视为是神圣而应受人们敬畏的，它有着极其重要的文化作用，是信仰的"社会宪章"。而美国民俗学家阿兰·邓迪斯在他选编的《西方神话学读本》一书的导言中，开宗明义地提出："神话是关于世界和人怎样产生并成为今天这个样子的神圣的叙事性解释。"中国神话学家袁珂曾经提出了"广义神话"的说法，把历史人物传说、仙话、佛经故事以及神话小说等，都归于神话的范畴。

对于大多数研究者而言，神话可以这样来界定：它是有关神祇、始祖、文化英雄或神圣动物及其活动的故事，通过讲述创世时刻以及在此之前发生的事件，神话解释着宇宙、人类（包括神祇与特定族群）和文化的最初起源以及现今世界秩序的最初奠定。因此，就其典型形态而言，几乎每一则神话都是创世神话。这些创世神话通过娓娓动听的故事，生动地解释了世界和人类是怎样产生并且成为今天这个样子。

二、神话是怎样产生的？

神话是怎样产生的？它又起源于哪儿？这是很多人都想弄懂的问题，从19世纪至今，这个问题一直是研究神话的学者们倾力探索的核心问题之一。

神话是人类最早的世界感知和自我认识的表述，是人类精神文化的初始形态。神话中有关自然界或社会某一现象的具体思考，都与神话所赖以产生和传承的人类群体的思维、情感及其所处的自然、经济、社会等方面的情境有关。所以，要探讨神话发端的原因，不能不探讨其赖以萌生的土壤：原始思维。

关于原始人的思维特点及其与神话的关系，学术界有各种各样的理论。比如著名法国社会学家列维·布留尔认为：原始思维与我们现代的逻辑思维不同，它有两大基本属性：第一、神秘性，即在原始人眼里，无论什么事物，全都具有神秘属性，并没有自然和超自然的分别；第二、原逻辑性，即它不像我们现代思维那样因为必须避免矛盾，而往往以完全不关心的态度来对待矛盾，俄罗斯汉学家李福清认为：布留尔提出原始思维的基础是"参与观念"（互渗），也就是人没有把自己与自然分别开来，人与动物也没有对立。在民间流传的

不少故事都有这类思维的痕迹。苏联神话学家托卡列夫和梅列金斯基也指出"神话逻辑"的首要前提在于，原始人尚未将自身与周围的自然和社会环境分离开来，原始思维还没有与情感的、激奋运动的范畴相分开，尚具有逻辑弥漫性和浑融性，必然导致原始人对所处自然环境和文化社会的人格化，进而导致呈现于神话的那种全面人格化，人们将自身的属性移植于自然客体，赋之以生命和情感。由于宇宙之力及其属性和成分都以具体可感的、有生命的形象呈现，诡异的神话幻想之作便应运而生了。

三、丰富多彩的各国创世神话

世界上到底有多少篇神

话？这个问题没有人能说得清楚，因为所有的民族都拥有丰富多彩的神话，而且这些神话所反映的内容几乎涉及自然和文化的所有领域。

比如著名的讲述宇宙起源的神话"宇宙卵"（cosmic egg），即宇宙是从卵中诞生的。这类神话在世界范围内分布十分广泛，在非洲、欧洲、亚洲、大洋洲以及美洲大陆都有流传。比如芬兰的民族史诗《卡勒瓦拉》中说，最初，世界上只有海洋，厌倦了不孕和孤独生活的空气处女伊尔玛达尔从天空降落到海面上，风和波浪使她怀了孕，成了水的母亲。可是，她在水面上随波漂流了七个世纪之后，依然没有生下自己的孩子，于是向至尊的神明乌戈请求解救她于苦难，霎时间有一只美丽的小水鸭飞来，在她的膝上筑巢并下了七个蛋。小水鸭在膝上孵蛋，令伊尔玛达尔感到皮肤愈来愈热，便抖动四肢，蛋滚入了大海的波涛里，摔成了碎片：

破蛋的下面一层，
变成了坚实的地面；
破蛋的上面一层，
变成了穹隆的高天；
上面的一层蛋黄，
变成了辉煌的太阳；
上面的一层蛋白，
变成了光明的月亮；
蛋里面斑驳的一切，
变成了天上的星星；
蛋里面黝黑的一切，
变成了空中的浮云。

宇宙起源神话中还有一种常见的形式：宇宙源于神的创造。其中最广为人知的，大概是《圣经·旧约·创世记》中上帝创造宇宙万物的神话。

起初，神创造天地。地是空虚混沌，渊面黑暗；神的灵运行在水面上。神说："要有光。"就有了光。神看光是好的，就把光暗分开了。神称光为"昼"，称暗为"夜"。有晚上，有早晨，这是头一日。

神说："诸水之间要有空气，将水分为上下。"神就造出空气，将空气以下的水和空气以上的水分开了。这事就这样成了。神称空气为"天"。有晚上，有早晨，是第二日。

以后，神依次创造了大地和海洋、草木果蔬、日月星辰、水禽飞鸟以及地上的各种牲畜、昆虫、野兽和人，

这便是世间万物的由来。到第七日，天地万物都造齐了，神就安息了。

世间的人又是从哪里来的？为什么有男人和女人？两性之间为何会存在性别差异呢？爪哇地区的一则神话对此做了有趣的解释：

当创造神创造了天空、太阳、月亮和大地的时候，曾试图要创造人类。他抓了几把黏土捏了个人像。然后他叫来了自己创造的一个精灵，命令其赋予人像以生命。谁知，黏土人像太重，精灵因为拿不动而掉在地上，摔成了数千个碎片。不过因为精灵已经给了黏土人像以灵魂，因而这些碎片就变成了魔鬼。

看到这种情况，创造神又用黏土捏了个人像，而且

看上去还很漂亮。他赋予了黏土人像美丽的外观和三位一体的力量，即生命和情意、意志和性格、精神和灵魂。被赋予这些特征后，黏土人像就具备了生命，也就是男人被创造出来了。

后来，创造神想：光靠这一个人无法繁衍后代，再给他捏一个老婆吧。但是，没有黏土了，怎么办呢？创造神就把世上各种事物组合在一起做成了一个女人，给那个男人当老婆。这些事物包括：月亮的圆缺、葛藤的缠绕、蛇的蜿蜒、草的摇动、麦秆的苗条、花卉的芳香、树叶的轻柔、獐鹿的眼神、阳光的明媚、和风的敏快、浓云的雨泪、绒毛的纤细，以及蜂蜜的甘甜、小鸟的易惊、孔雀的虚荣、燕子的柳

腰、雉鸡的鸣叫和钻石的精美等。

可是，两三天之后，那个男人来找创造神诉苦说："神明啊，您赐给我当妻子的女人要荒废我的人生。她

《圣经》

11

整天喋喋不休，还要求我一直听着，稍不如意就发牢骚，而且还总是生病。"

于是创造神就把这个女人留了下来。

没过一个星期，男人又来了。

"神明啊，您把我妻子留到这儿以后，我简直寂寞得无法忍受。她在我面前又唱又跳，还会用那诱人的可爱目光安抚我。我们在一起很开心，她还要我保护她。我现在是多么怀念她呀。"

这样一来，创造神又把妻子还给了他。可没过三天，

亚当和夏娃

这个男人又跑到创造神这里诉苦来了。

"神明啊，我的妻子不是让我高兴而是让我生气。考虑再三，您还是让我从她那里解脱出来吧。"

"你还是尽量和她一起生活吧。"创造神劝说道。可男人绝望地说："我不能和她一起生活。""那么没有女人你能生活吗？"创造神问。听到神明的问话，男子深深地低下了头，并无限感慨地说："太可悲了！我不能和她一起生活，可是没有女人又怎么能生活呢？"

总而言之，神话通过幻想，对自然和社会文化中许多令人迷惑不解的事情作出了解答。它所涉及的范畴，与人类的好奇心和求知欲一样广大。

四、中国多民族的创世神话

许多人对中国神话的了解，主要限于汉族民众中流传的那些神奇故事。其实，中国除了汉族之外，还有五十五个正式认定的少数民族，这些少数民族大都拥有自己独具特色的神话以及相应的神灵体系。并且，每个民族的神话内容并不是一成不变的，在长期的融合交流过程中也吸纳并传承着其他民族的神话。少数民族神话数量丰富、形态多样，也给中国的神话世界增添了许多耀眼绚烂的色彩。

在中国各民族中，流传的神话不仅数量丰富，而且形式多样。就人类起源神话而言，有多种不同的方式：

（一）天神创造人类

根据造人所用材料的差异，又有多种造人方式：1. 泥土造人。除了汉族中广泛流传的女娲（也有说别的神）用泥土造人外，哈萨克族也说天神迦萨甘在造人以前，先在大地中间栽种了一棵神树，待树长大，结出许多"灵魂果"后，才用泥做了一对空心的小人，然后把灵魂吹进小人的心中，这便是哈萨克人的始祖。2. 木头刻人。曾经的满族支系恰喀拉人说，恰喀拉人是老妈妈用石刀片在木头上刻出来的。云南拉祜族的支系苦聪族的神话中也说，他们是由神刻木头而创造的。3. 皮绳做人。四川白马藏族人说，用拉马的缰绳砍开许多节，抛向各处，便成了人。4. 多种材料

合成。土家族的神话说，是啒罗娘娘创造了人，她用竹竿做骨，荷叶做肝肺，豇豆做肠，萝卜做肉，葫芦做脑壳，通七个眼，再吹一口仙气，人便做成了。

（二）天神或始祖孕育人类

在我国许多民族中，都流传着大灾难后始祖兄妹（或姐弟、母子等）血缘婚配、重新孕育了人类的神话。云南哈尼族人则说天神从天空中丢到地上一个叫塔婆然的妇女，一次她在睡觉的时候，身上被狂风吹过，醒来之后肚子就慢慢大了起来。她觉得肚子里面有东西在跳动，而且肚子里的东西在跳动的时候，连她的大腿、胳膊、脚趾、手指都会跟着一起跳动。九个月后，从塔婆然的

大腿、胳膊、脚趾、手指处生出了老虎、野猪、麻蛇、泥鳅等动物，从她的肚子里生出了七十七个好看的小娃娃，为了分清他们，塔婆然给他们都取了名字，分别叫哈尼、彝、傣、白等。

（三）始祖与动物结合，繁衍了人类

在云南怒族的神话中说，

古时候，有一位善歌的姑娘嫁给了一条巨蛇，他们生下的子女，慢慢繁衍为蛇氏族。云南傈僳族的神话则说，古时候有一位姑娘上山砍柴，被老虎看中，老虎化成了人，娶姑娘为妻。他们生下的子女，便成了傈僳族的祖先。

（四）播种生人

居住在台湾阿里山的邹

族人说，哈莫天神在土地里播种人种，土里长出来的便是人类的祖先。

在台湾的邹族（高山族分支）神话中，古时候哈莫天神摇动枫树，枫树的果实落在地上，就变成了邹族和玛雅人的祖先。后来哈莫天神又摇动茄冬树，茄冬树的果实落在地上，也变成了人，

这些人是汉人的祖先。

（五）嘴中吐人

在新疆维吾尔族的神话中，认为很早以前宇宙间只有一位女神，她很寂寞，就鼓足力气吸了一口气，把宇宙间所有的尘土和空气全吸入肚子里，然后使劲吐出来，世界上便出现了太阳、月亮、地球、星星和人类。女神把

苗族刺绣

枫树

人分为男人和女人，将他们分散到各地繁衍，就形成了今天的各个民族。

（六）声音回响变人

在云南苗族的神话中说，天神让洪水后遗存的博巴和右略二人结合，繁衍后代。天神把博巴变成了一个姑娘，于是二人结合。右略得知真相后，奔跑狂呼，博巴也跟着他奔跑狂呼，他们的声音不断在山间回响，传遍了山川原野。他们的声音传到哪里，哪里就有了男人和女人。

（七）天神的投影生成人

云南苗族的另一篇神话中提到，男神敖古和女神敖玉的身影投射到了地上，地上便出现了人。

（八）神膝相擦生人类

台湾高山族的分支雅美人说，人是两位男性天神的膝盖相擦后生出来的。

（九）动物变人

瑶族的史诗中说，女神密洛陀用泥土来造人，没有造成人，却造出了水缸；拿米饭来造人，却造出了酒；拿芭芒叶来造人，却造出了蝗虫；拿红薯、南瓜来造人，却造出了猴子。最后她在树林里看见蜜蜂正在树上建巢，蜜蜂个个勤劳可爱，就把蜂巢搬回家，白天炼三次，晚上炼三次，然后装进箱子里。打开箱子一看，蜜蜂都变成了人。

|蜜蜂|

（十）植物变人

云南保山流传的德昂族神话说，一棵大树上落下的一百片树叶变成了一百个人，其中五十个是男人，五十个是女人，他们每个人都取了一个姓，并把那棵大树叫作"生人树"。

（十一）雪变成人

在四川彝族的神话中，天上降下一场大火，将天地间不干净的东西全都烧光了，又降下三场红雪，将地上不干净的东西全都洗干净了。一天，一个雪球从山顶上滚落下来，被撞成了十二块。这十二个雪块将变成十二种生物，但他们没有皮肉、筋骨、呼吸、血液、眼睛。于是，雪变成了它们的皮肉，冰变成了它们的筋骨，风变成了它们的呼吸，雨水变成了它们的血液，星星变成了它们的眼睛。这些从雪球中诞生的生物，其中六种没有雪的特征：野古草、山白杨树、柏树、枫树、秧草、山藤；另外六种具有雪的特征：蛙、蛇、鹰、熊、猿猴和人。从此，人类诞生了。

（十二）粪变成人

台湾南投原住布农人的一则神话中说：在远古时期没有人类，只有一种虫子，它生活在树干里，并以树干为食，它的粪掉落在泥土里，结果变成了人。所以人类是由虫子的粪变来的。布农人还认为他们是由蜘蛛搓成的球状粪便变来的，所以在古代，当人们看到蜘蛛将粪便搓成球状时还会帮忙。他们的祖先禁止人们杀死蜘蛛。

除了这些之外，还有从

卵中出现、从天上降临、从土地中出现、从尸体化生而来等诸多说法。在台湾民间的神话中，人类的起源就有二十多种不同的说法。中国少数民族神话的丰富多彩，由此可见一斑。

宇宙的起源

| 宇宙的起源 |

日本民族学家大林太良曾把世界各民族神话分为三大类：宇宙起源神话、人类起源神话和文化起源神话。这一分类体系言简意赅、逻辑清晰，为不少神话学者所采用。本书也按照他的分类方式，对中国创世神话做一次简明扼要的介绍。下面就为大家介绍一下中国的宇宙起源神话。

宇宙到底是怎么来的？为什么是今天的这个样子？过去它又是怎样的呢？中国神话对此有丰富多彩的解释。

一、宇宙的创造

在中国一些民族神话中，创世者不止一位，他们分工合作，共同创造了宇宙。在四川平武的白马人中，流传着这样的神话：

很久很久以前，世界上没有天和地，一片混沌。又白又胖的木日扎该（老母虫）在混沌中缓缓蠕动，寻找光明的地方。突然，他听见两位神灵在争吵谁撑天，谁撑地。爬过去一看，萨拉介吾在撑天，天撑好了，是圆拱形的，在上方；囊拉介吾在撑地，地是圆球形的，在底下。二位神灵把天和地扣起来一看，地撑得比天大，怎么也盖不严。萨拉介吾只好使劲挤压地，地被挤小了一些，这样，天和地终于扣严了。在挤的时候，地面上有的地方鼓了出来，有的地方陷了下去。鼓出来的地方就形成了山坡、高地；凹下去的地方就形成了沟壑、海子。

木日扎该和木日兹哥（蜈蚣）把这件事情传了出去，人们才知道天和地的来历。于是，大家都公认萨拉介吾是天老爷，囊拉介吾是地老爷。

二、天地的分离

在世界上许多民族的神话中，都讲到天地分离的故事。由于某种原因，天地紧密相连或者距离很近的原始格局被改变，天地之间从此出现了巨大的自然空间。

在中国各民族的神话中，讲述分离天地的很多。分离天地的原因有很多种，比如由于人的罪孽，由于生活的不便，由于复仇的行为等。分离天地的方式也各种各样，比如天神用叉子撬开或用斧子劈开紧合的天地，用扫帚把天往上扫、把地往下扫，在天地之间建立撑天柱来分离天地，用巨树分离天地等。分离天地的大多数是神祇或原始的人类，但也有动物，比如公牦牛和母白狼、螃蟹等。在古代神话中，最常被学者们提及的是重黎二神绝地天通。根据《尚书·吕刑》《国语·楚语下》和《山海经·大荒西经》记载，起初天地之间原本是可以相互交通的，后来因为蚩尤带着子民在下界作乱，彼此欺诈，不讲信义，滥施刑法，违背了神与人之间的誓约，于是天帝颛顼就命令大神重把天往上举、大神黎把地往下压，从此断绝了天地之间的通路，人便无法再上天，神也无法再下地了。

三、宇宙卵与尸体化生

前文中提及的宇宙卵神话，在中国也有广泛的流传，其中最典型也最广为人知的，便是著名的盘古开天辟地的神话。据《太平御览》卷二引《三五历纪》云："天地混沌如鸡子，盘古生其中。万八千岁，天地开辟，阳清为天，阴浊为地。盘古在其中，一日九变。神于天，圣于地。天日高一丈，地日厚一丈，盘古日长一丈。如此万八千岁，天数极高，地数极深，盘古极长。后乃有三

盘古

皇。"说的就是盘古诞生于卵中。

在现代民间流传的一些盘古神话中，宇宙诞生于卵中的意象往往更加明显、生动。例如浙江东阳流传的一则《盘古开天》神话中讲：

很早很早以前，没天，没地，没日，也没夜，通天下就像一个硕大硕大的大鸡子（鸡蛋）。里头是鸡子儿黄，中间是鸡子儿清，外头包着一个硬硬的鸡子儿壳。不晓得是什么缘故，鸡子儿黄里孵出个盘古。他长着鸡的头、龙的身，整个身子盘在里面，所以叫作盘古。盘古慢慢长大，没天地、没日夜的生活使他闷得受不了。于是他伸直了身子站起来，一通拳打脚踢、嘴啄肩拱，一连闹了七七四十九天，把鸡子儿壳砸了个稀烂，鸡子儿清和鸡子儿黄都流出来了。鸡子儿清轻，浮在上面变成了天；鸡子儿黄重，沉在下面变成了地；鸡子儿壳呢，被盘古砸成了碎末末，都砸到清和黄里去了。在黄里的变成了岩石，在清里的变成了星星，鸡子儿清中还有两块稍大的碎壳，一块变作太阳，一块变作月亮。从此便有了天，有了地，有了日，也有了夜。盘古活到十万八千岁，死了，身子变成了昆仑山，灵魂变成了雷公，所以后来画的雷公都是鸡的头人的身子。

有学者认为，这类宇宙卵神话的产生与原始先民对卵生动物繁殖方式的观察密切相关。

前面我们也曾引用《五运历年纪》，讲述了盘古创世的另一个故事："首生盘古，垂死化身。气成风云，声为雷霆，左眼为日，右眼为月，四肢五体为四极五岳，血液为江河，筋脉为地理，肌肤为田土，发髭为星辰，皮毛为草木，齿骨为金石，精髓为珠玉，汗流为雨泽，身之诸虫，因风所感，化为黎甿。"这一叙事，反映了"尸体化生"的类型：认为宇宙是上古时代从神、原始的人类或者动物的尸体化生而来。这一类型的神话也在世界各国普遍流行。

四、宇宙的毁灭与新生

宇宙起源神话不仅讲述了宇宙万物产生的由来，还讲述了世界的毁灭、末日和重生。在世界末日神话中，大多数是叙述古代世界的灾难（最常见的是洪水）和毁

灭后秩序得以重建，也有的神话带有预言世界末日的内容。

在中国各民族神话中，讲述有关过去世界毁灭与重建的神话不仅形式多样、数量丰富，而且流传分布也十分广泛。其中比较广为人知

大禹治水

的有鲧禹治水、女娲补天、洪水后兄妹结婚再殖人类、后羿射日等。前三者都与洪水有关，不过，与希伯来或其他一些西方民族的洪水神话强调洪水的发生是对人类罪孽的惩罚不同，中国洪水神话的主旨往往在于治水和农耕文明的获取。比如鲧禹治水的神话中说：上古时候洪水滔天，无边无际，鲧偷了天帝的息壤去堵塞洪水，却没有成功，被天帝所杀后，腹中生出了禹。后来，尧舜之帝命令禹去治水，"禹尽力沟洫，导川夷岳，黄龙曳尾于前，玄龟负青泥于后"（《拾遗记》卷二）。他在外治水多年，三过家门而不入，最终治服了洪水。

女娲补天的神话中所描述的宇宙性灾难殃及的范围要大得多。据《淮南子·览冥训》的记载：远古时，天地间发生了一场大灾难，支撑着天空的四根柱子倒了，

女娲雕像

大地裂开了：天不能覆盖大地，地不能遍载万物。大火蔓延，洪水泛滥，各种凶猛的禽兽趁机吞食人们的生命。在这种情况下，女娲"炼五色石以补苍天，断鳌足以立四极，杀黑龙以济冀州，积芦灰以止淫水"。最后天地间的正常秩序得以恢复，"地平天成，不改旧物"。

洪水后兄妹结婚再殖人类的神话在中国多个民族中广泛流传，形态虽有所差异，不过基本情节往往是这样的：1. 由于某种原因，发生了一场可怕的灾难（一般是洪水，也有油火、长久干旱、罕见冰雪等）；2. 灾难后，人世间仅剩下由于神意或受其他力量帮助而存活的一对兄妹（或姐弟等）；3. 遗存的兄妹为了繁衍后代，用滚磨、合烟、追赶等方式占卜神意，或直接听从神命，结为夫妻；4. 婚后生产了正常或者异常的胎儿，或用其他方法，繁衍了新的人类。这类神话虽然常常描述世界的毁灭以及毁灭后的秩序重建，但是其叙事的核心往往更在于强调人类或者部族的起源。对这一类型神话，下文将做比较详细的介绍。

后羿射日的神话在古代文献中有记载：尧掌权的时候，天下十日并出，草木焦枯，民无所食。于是尧命羿仰射十日，结果射中了九日，日中的九只金乌（太阳的别名）都死了，它们的羽毛纷纷坠落下来，世间只留下了一个太阳。在现代民间流传的口承神话中，射日后造成的宇宙新秩序更加多样，其中包括一些动植物特征的形成。例如四川宜宾地区的一则异文中说，羿射下九日后，剩下的那个太阳吓得藏在水叶菜下面才逃脱了被射杀的厄运。太阳为了报答救命之恩，之后不管天气多热，水叶菜也总是绿茵茵的，永远晒不死。而重庆巴县地区流传的另一则异文中则说：剩下的那个太阳因为害怕，躲着不敢再出来，人们在黑暗中无法生存，就让喜鹊、乌鸦、猫头鹰等动物去请太阳出来，但是它们的声音都很难听或缺乏诚意，最后公鸡去喊："哥哥哦——哥哥哦——"太阳见它叫得真心

| 后羿射日雕像 |

实意，就放下顾虑慢慢地出来了。以后，公鸡每天早上一叫"哥哥哦——"，太阳就出来了。太阳一出来，天地就亮了，万物也得救了。射日神话在中国许多民族中都有流传，射日英雄的名字不一，作乱太阳的数目也不相同，有的民族中，除了射日，还有射月的内容。但它们共同的主题是：英雄射掉了多余的太阳或者月亮，宇

宙秩序重新恢复正常。

在讲述世界的毁灭与重建的神话中，反映了不同的时间观念。王孝廉在论述希腊、佛教、基督教以及中国的时间观念时，指出基督教的时间观念是直线形的、不可反复的，它由过去（原罪）、现在（悔改、赎罪）、未来（最后的末日审判）所构成；而在中国以及世界其他许多民族"原型回归"的创世神

话中，则反映了"圆形的时间观念"。这类"原型回归"的神话结构通常是：1. 神话乐园（原始的宇宙秩序）；2. 乐园被破坏（人类叛神、诸神斗争、宇宙洪水等历劫的过程，即失乐园）；3. 乐园重建（恢复宇宙的秩序）。比如女娲的补天与治水，其工作不是创新，而是重新恢复宇宙间的正常秩序，"地平天成，不改旧物"。有学者也认为中国的一些古典小说，如《红楼梦》《水浒传》《三国演义》等，也是依照"原始""历劫""回归"的圆形循环结构而展开的。

人类的起源

| 人类的起源 |

"我是谁？我为何如此？我从何而来又将往何处而去？"这些追问生命本源的问题从古至今一直吸引着人类浓厚的探索兴趣。古代的人们对人类为何产生、如何产生并且成为今天这个样子所作出的叙事性解释，便是人类起源神话。

一、人类的创造

在人类起源神话中，较常见的一类是"人类来源于

以女娲造人为主题的雕像

神或始祖的创造"。中国著名的女娲捏土造人的神话是其中的典型。据《太平御览》卷七八引《风俗通义》记载：在天地刚刚开辟的上古时代，天下尚无人类，女娲就用黄土捏出了人。由于任务繁重，为了供应需要，她就把绳子蘸在泥水中，然后举起来挥洒，那些溅落在大地上的泥点也变成了人。后世那些富贵、贤能和智慧的人，便是女娲亲手用黄土捏制的，而那些贫贱凡庸的人，则是女娲用绳子挥洒出来的。

除单独创造外，也有协助创造的形式，即人类是由两位以上的创造神共同创造的。这是笔者与中原神话调查组于1993年在河南淮阳的人祖庙会上采录的，讲述人是一位来庙里进香的80岁的老大娘：

古时候，有兄妹俩，他俩平时经常拿馍喂一只老鳖。老鳖说："天塌地陷的时候，你们可以来找我。"他们喂它吃的馍都在它肚子里存着哩。眼看天与平时不一样了，兄妹俩就找这只老鳖去了。只见老鳖那个嘴呀，张得像簸箕一样大。他俩就往老鳖肚里一钻，靠吃那些馍过日子。眼看天就快长起来了，兄妹俩赶紧从老鳖肚子里出来了。结果天的东北角没有长严实，他俩就用大冰凌把东北角补上了。所以，后来一刮东北风就冷。

天下都没人烟了，怎么办呢？他俩就说："天要是叫我俩配夫妻，我俩就从山上滚下一对磨，磨不能分开；天若不叫我俩配夫妻，这个磨就一分两半。他俩就把这个磨朝山底下一推，磨的两半散开了。他俩就没有结为夫妻。从此以后，天下的亲兄妹不能配夫妻，这是他俩兴下的。

那上没天、下没人烟了怎么办？他俩就捏泥人。捏了好大一片，然后搬出去晒。这时候，下了几滴雨，眼看泥人儿都被淋湿了，往回搬也来不及了。他俩就用扫帚扫，把泥人一个一个都扫进去了。后来世上有人眼瞎了，有人腿瘸了，这都是被扫帚扫的，这也是他俩兴下的。后来，这些人都长起来了。男女都长得（像）毛猴，纷纷结成夫妻。他们住哪儿？就住在那山上的树林里。以后慢慢变、慢慢变，就变成今天的人啦，变成人形后，

毛也都没有了。以后的小孩越生越好看，越生越好看。

有学者认为，泥土造人形式的人类起源神话是人类文化史上制陶业发明的投影，创造这类神话的最早的文化母体是制造陶器的文化。

二、人类的进化

与宇宙起源神话一样，在人类起源神话中，也有进化的形式，即人类的产生并非来自于神的创造，而是来自于某种（些）原始的物质和胚胎，例如来自于植物或者卵。在中国境内现有各民族的传说中，进化为人类的原始胚胎和物质的有气、卵、葫芦、树叶、竹子、榕树、桃花、石头等，其中葫芦生人的神话流传尤其广泛。云南澜沧拉祜族人的神话对葫芦生人的过程有生动细致地

| 葫芦 |

描述：

　　天神厄莎创造了天地万物，可是世上却听不到人的声音。于是厄莎打开笼子，拿出一颗葫芦籽，种在地上。过了七轮①零七天，葫芦发芽了；又过了七轮，葫芦开始伸藤；又过了七轮，藤蔓爬满了大树，开了一朵白花，结了一个大葫芦。又过了七轮，叶子落了，藤蔓也干枯了，葫芦长老了。

　　一天，猫头鹰在树梢吃果子，不小心把果子弄掉了，恰好打在麂子的头上，麂子受惊踩断了葫芦藤，葫芦滚下了山。厄莎下山去找葫芦，问猫头鹰为什么打麂子，猫头鹰不回答，厄莎一生气，

①在中国的传统文化中，一轮为十二年，但在拉祜族的纪日方法中，一轮为十二天。

就把猫头鹰的头打扁了，并罚它白天不准出来。他追到栗树林，问栗树见到葫芦没有，栗树回答："没看见。"厄莎生气地说："等人出世，砍你去做柱子。"他追到茅草丛，问茅草见到葫芦没有，茅草回答："没看见。"厄莎生气地说："等人出世，割你盖房子。"厄莎追到芭蕉林，问芭蕉见到葫芦没有，芭蕉回答："看见了，因我没有手，没法抓住它。"厄莎高兴地说："你将来一定能多子多孙。"

厄莎追到海边，看见葫芦泡在海里，就叫鱼送上来。鱼费了很大的力气也做不到。厄莎又叫马鹿去捞，马鹿把角拗成几叉也捞不上岸。厄莎又叫螃蟹去捞，螃蟹用两个大钳子夹住葫芦，把葫芦捞上了岸。厄莎高兴地对螃蟹说："你可以一辈子住瓦房。"螃蟹的背上就长了一个硬壳。

厄莎拿回葫芦放在晒台上，晒了七十七天，葫芦里有吹口哨的声音；又过了一轮，人在葫芦里说话了："哪个把我们接出来，我们种的谷子让他吃。"小麻雀听见了，就自告奋勇地来啄葫芦。啄了很久，把九尺九寸长的嘴都啄秃了，还是没有把葫芦啄透。老鼠见了又来咬，咬了三天三夜，终于把葫芦咬出一个洞，一男一女从葫芦里笑哈哈地走出来。厄莎高兴地给他俩取名，男的叫扎迪，女的叫娜迪。他们就是拉祜族人的祖先。

三、动物祖先

人类起源神话不仅解释

了人类的由来，而且常常以人类已经存在为前提，来解释某些特定民族、氏族或部落的起源。这类族源神话数量很多，其中一个流传颇广的起源方式是认为人与动物（例如牛、虎、蛇、熊、蝴蝶、猴子等）结合后，繁衍了特定的部族。

犬祖神话是其中的一类，说的是女人或者男人（多数是女人）同狗或者狼结了婚，成了特定部族的始祖。在我国广西金秀的瑶族人中，流传着有名的盘瓠的故事：

古时候，有一个高辛王，他没有儿子，只有三个漂亮的女儿。皇宫里有一只眼亮毛滑、身披二十四道斑纹的龙犬，高辛王非常喜爱它，经常把它带在身边。

有一年，海外番王兴兵犯境，国家危在旦夕，高辛王非常忧虑，便命人贴出告示说：谁能打败番王，便重重有赏——金银财宝任其拿取，三位公主任其选娶。

龙犬揭了告示后，潜入番王宫中，赢得了番王的信任，并借机咬下了番王的头颅，衔着回国了。后来龙犬便娶了美丽善良的三公主为妻。

三公主和龙犬结婚以后，夫妻感情很好，日子过得很幸福。高辛王和王后却觉得很奇怪，因为三公主告诉他们："龙犬白天像狗，晚上却是一个美男子，身上的斑毛是一件光彩灿烂的龙袍。"王后对三公主说："如果叫你丈夫白天也能变成人，岂不是好？"龙犬知道后，便对三公主说："你把我放在蒸笼里蒸七天七夜，我便可脱掉身上的毛而变成人。"结果，蒸到六天六夜时，三公主担心丈夫的安危，便揭开蒸笼的盖子看，龙犬果然变成了人，只是头上、腋窝和脚胫上的毛还没有脱尽，以后便只好把有毛的地方用布缠着。据说这就是瑶族人缠头巾、裹脚套习俗的由来。

高辛王封龙犬为南京十宝殿盘瓠王。他和公主生了六男六女，高辛王和王后很高兴，颁给他们一卷榜牒，赐盘瓠的儿女为瑶家十二姓；又下令各地官吏：凡盘瓠子孙所居住的山地，任其开垦种植，一切粮赋差役全免。后来，这卷榜牒成了瑶家世代传抄珍藏的传家宝——《过山榜》。

一天，盘瓠带着儿子们上山打猎，被一只山羊撞下山崖摔死了。三公主很伤心。为了给盘瓠报仇，她命孩子们用山羊皮制成大鼓和长鼓，糊上黄泥浆。三公主背起大鼓，儿子们拿起长鼓，边敲边舞；女儿们拿着手帕，悲伤地边哭边唱，一起悼念他们的父王盘瓠。

从此，黄泥鼓一代一代地传了下来。瑶民为了纪念盘瓠，逢年过节、喜庆丰收或者祭祀祈祷、驱魔赶邪，都要打黄泥鼓，唱盘王歌。

说到动物祖先，需要跟大家先谈一谈图腾崇拜（totem worship）。"图腾"一词出自北美洲印第安人所使用的"ot-otem"或"ot-otam"，是"他的亲族"的意思，这一概念之后逐渐为诸多学术论著所采用，虽然在具体含义上依然有许多分歧，但是大都用于指这样的信仰现象，即：相信自己或其他种族起源于某种自然物或自然现象，并相信人与这种自然物或自然现象之间存在着血缘上的亲属关系；图腾物受到崇拜，其形态表现在徽记上（例如图腾柱或画有图腾形象的偶像）；有相关的禁忌，例如禁杀或禁食图腾物；有相关的祭祀仪式等。

所以，动物祖先神话可能是广大图腾崇拜的一部分。不过，图腾物既可以是动物，也可以是植物或者无生物。如果不符合上述诸多条件、仅有动物祖先神话，也不应简单地认定该动物就是该民族的图腾祖先。"见动物则言图腾"的做法是对图腾概念的误用。

四、死亡的来历

死亡是人类无法逃避的，对死亡的恐惧和对死亡本性的探寻成为人类生活和文化

| 印第安人的图腾 |

蛇蜕

中的永恒话题。人类对死亡的起源进行的最初认知与解释，形于语言，就是死亡起源神话。死亡起源神话与前面所讲的其他人类起源神话有着密切联系，许多情况下，死亡的起源也是人类起源神话讲述的有机内容。

例如"蜕皮型"的神话提到：从前，人像蛇一样会蜕皮且不死亡，后来因为不再蜕皮才要死去的。这类神话在世界许多民族中广为分布，尤其在东南亚和太平洋群岛等地区最为流行。在中国也有广泛流传，以汉族为例，至今在陕西、广西、安徽、江西、四川等地，都有这类神话的流传。一则流传于重庆巴县地区的神话说：

蛇

传说原来的人是不死的。那时的人只要活到四十岁左右，就会平白无故地发烧，烧得人事不省，昏睡七七四十九天后，等他醒来，就要蜕皮，待蜕下一整张人皮后，再看他的模样，就像一个十七八岁的年轻小伙子。人哪，就是这样一次一次地在快到老的时候，蜕一张皮，然后又变得年轻了。

那时的蛇不蜕皮，跟现在的人一样，活一些年就死了。

人蜕皮的时候，很遭罪。有一回，一个人到该蜕皮的时候就开始发烧，不吃不喝睡了四十九天，他刚一睁开眼睛，就又蹦又跳地叫唤道："遭不住呀，活遭罪哟！不如死了好哟……"天上的神仙见人蜕皮实在太遭罪，就跑到玉皇大帝那里帮人求情。玉帝问："人不蜕皮，又叫谁去蜕皮呢？"众神仙说："干脆，让人死，让蛇来蜕皮吧！"玉帝说："就这么办！"

从那以后，蛇就开始蜕皮了，而人会活到老，然后死去。

有学者指出：这类"蜕皮型"神话产生的现实和心理基础是一些动物因蜕皮而被先祖视为能够更新生命、永生不死。蛇是这类动物的代表，它的周期性蜕皮现象被先祖视为更新生命的方式，认为蛇每蜕一次皮，便可以返老还童一次，从而保持生命的永久。因此在中国，"蛇不死"或者"蛇有无穷之寿"（见葛洪《抱朴子·对俗》）的观念也较普遍。

例如独龙族的神话中说："人最初不会死，就像蛇那样长生不死。"黔东南地区的苗族也有给孩子吃蛇肉的习俗，认为这能使人延年益寿。

文化的起源

| 文化的起源 |

从广义上说，"文化"是人类在社会历史实践的过程中所创造的物质财富和精神财富的统称。从原始的采集狩猎、刀耕火种、操牛尾而歌，到现代的服装时尚、食品卫生、气象预报、月球探测，人类所创造的文化处处彰显其存在的巨大威力，尤其随着克隆技术、互联网技术和 3D 打印技术等领域的发展，自然的空间愈加缩

| 原始壁画

小，文化的范畴日益扩大。

那么，文化是如何起源的呢？世界上许多民族都通过神话对文化起源的原因及方式进行了叙事性解释，其中涉及的内容几乎遍及所有和人类有关的重要领域。例如中国古代的文献记录中说，伏羲发明了渔网，黄帝发明了舟车和指南针，神农发明了耕作和中草药，女娲创立了人间的婚姻制度等。

澳大利亚阿纳姆地的尤伦戈尔人的神话中说：神幻始祖母朱恩克戈瓦两姊妹创造了世间男女之后，又为他们创制了掘土棒、羽带以及其他物品，教人用火、寻找和辨别食物，授人武器和传授图腾舞仪，创立成年礼仪

| 表现黄帝征战蚩尤的壁画 |

式。《圣经·创世纪》中则将人世间存在多种语言的原因归因于上帝：起初，天下人的口音、语言都是一样的，他们往东边迁徙的时候，在一个叫示拿的地方遇见了一片平原，便彼此商议要建一座城和一座塔，塔顶通天，"为要传扬我们的名，免得我们分散在全地上"。耶和华得知后说："看哪，他们成为一样的人民，都是一样的言语，如今既做起这事来，以后他们所要做的事就没有不成就的了。"于是就混乱他们的口音，使他们彼此语言不通，并将他们分散到了各地，人们只好停工不造城了。由于耶和华在那里混乱了天下人的语言，使众人分散，所以那座城得名为"巴别"（即"变乱"的意思）。

在各种文化起源的神话中，有关火和农作物起源的神话流传十分广泛。

一、钻木取火

火的使用标志着早期人类的重大进步。这一原始生活中的重大事件，深刻地影响了人们的记忆和创作。对于学会使用火的过程，神话中有着诸多表述，其中最主要的问题便是：人类最初是怎么学会用火的？

与前面讲到的宇宙和人类起源神话一样，在火的起源神话中，也常常出现"火由创造神所创造"的说法。例如壮族神话中的创世神布碌陀，在造天地、定万物之后，就开始取火：

古代没有火的时候，人们都吃生肉。寒冬腊月一到，人们只能缩着脖子发抖，有的甚至冻死在野外。

有一天，雷公用闪电击倒大榕树，燃起了熊熊烈火。那时候人们还不知道火是怎么回事，都被吓得四散而逃。只有布碌陀勇敢地走近大榕树，他感觉到火很热，像太阳一样，于是他取来火种，在干柴上点燃，烘烘手，觉得挺暖和。人们见布碌陀不害怕，慢慢地也就跟着不害怕火了，都来跟布碌陀要火种。自从有了火，人们在冬天可以烤火取暖，野兽、鱼虾、山菇、野菜都可以拿到火上烤着吃，又香又可口。吃饱了，晚上就围在火堆旁睡觉，野兽都害怕火，不敢再靠近他们了。

可是有一天半夜，突然下起了滂沱大雨，火被雨淋灭了，人们又回到了没有火

的时代，日子很难过。人们告诉了布碌陀，布碌陀便提起板斧，亲自去寻找火种。他走遍了天下，也没有找到一点儿火星。他来到天边的一棵榕树下，突然想起："上次的火是大榕树被雷公劈出来的，我布碌陀能不能也劈出火来？"于是，他举起板斧往大榕树上用力一劈，果然冒出了萤火虫那么大的火星。又砍一斧，冒出的火花就有蜈蚣那么大了。布碌陀摘来艾花压在火星上面，又添上干草，架上枯柴，不一会儿，火就燃烧起来了。从此，人们又有火了。

人们有时候没有把火看管好，蝴蝶就拿着扇子乱扇，最爱玩火的萤火虫也拿着火种到处游逛，结果把所有的东西都烧光了。布碌陀见状

就让大家将木头劈成块，在屋子中间架起四四方方的灶膛，里面铺上泥沙，并规定火要在火灶里烧，不许随便玩火。从此，萤火虫就被赶到山上去了。逃走时，它在屁股后面藏了一点儿火，所以现在萤烛的屁股总有火光。

在火的起源神话中，燧人氏钻木取火的故事流传最为广泛。传说远古的时候，人们没有火，常吃生食，因此多生疾病，是燧人氏发明了钻木取火的法子，教会了人们吃熟食，结束了茹毛饮血的时代。《太平御览》卷七八引《壬子年拾遗记》讲述了这一钻木取火的发明过程：

燧明国有一棵大树，叫做燧，它无比巨大，屈盘起来占地万顷。后来有位圣人游历到此，在树下休息，恰好飞来一只鸟，"砰砰"地

钻木取火

啄树，结果有火花迸出。圣人受到启发，就用树枝钻木，果然钻出火来，由此发明了用火，改变了人们的饮食历史，开创了文明的新纪元，他也被后世尊称为"燧人氏"。

如今，在河南商丘还建有燧人氏的墓冢和雕像，显示了后世对这位发明用火的文化英雄的敬仰之情。

二、狗盗谷种

农耕的发明是人类文化史上具有划时代意义的事件，它不仅是技术和经济形态上的变化，而且也带来了社会和人们观念的深刻变革。对于这一重大事件，神话中也有诸多反映。在我国许多民族中，流传着盗取谷种的神话。盗取谷种的英雄，有的是人，有的是神，有的则是动物。例如在广西龙洲壮族人中流传的《谷种和狗尾巴》道：

在古老的时候，人间还没有谷米，人们饿了就拿野果野菜充饥。

后来，人越来越多，能吃的东西渐渐变少了，人们常常要忍饥挨饿。

那时候天上已经有了谷子，但地上还没有。天上的人害怕地上的人有谷米吃后，繁殖太多，会来天上占领他们的地方，就一直不让一颗谷种落到地上。没办法，地上的人就派了一只九尾狗去天上找谷种。

九尾狗来到天上，看见天上的人在天宫门前晒谷子，便垂下九条尾巴去粘晒谷场上的谷粒，粘满就跑。不料，被看守的人发觉了，他们边追边用斧头砍向狗尾巴。

狗的尾巴一条条被砍断了，但狗忍痛继续跑。最后，它拖着仅剩的一条尾巴和尾巴上粘着的几粒谷种逃回了人间。

人们拿狗尾巴上的谷种去种，从此人间才有了谷米。因为狗就只剩下一条尾巴了。人们为了报答狗，就把狗养在家里，和人一样吃白米饭，而谷种长出来的谷穗都像狗尾巴一样，据说就是这个缘故。

在广西隆林和贵州遵义、仁怀、平坝、安顺等地的仡佬族人中，都流传着"狗从天上带来谷种"的神话。因此，长期以来一些地区的仡佬族人在旧历七月"吃新节"和腊月除夕，都要先喂狗，还在狗食里搁上几片肉，以表示对狗的优待。

三、音乐的发明

音乐是人类情感和智慧的结晶，是文化创造的重要体现。世界上的许多民族都流传着关于音乐（包括乐器）最初起源的神话，也有不少神话生动地描述了掌管音乐的神灵或乐官的行为和神圣功绩。在诸多乐神之中，比较著名的是希腊神话中的阿波罗。这位奥林匹斯山上的神灵既是太阳之神，也是音乐之神，同时还兼任许多其他职责。据说，他有一件圣物，是一把能弹出美妙琴声的七弦琴，据说每当他的琴声响起，森林中的鹿群便欢舞起来，众神也会被他"优美的七弦琴声"倾倒。擅长吹奏长笛的森林之神玛耳叙阿斯曾经向阿波罗挑战，要同他进行比赛，阿波罗弹响

阿波罗雕像

了他无与伦比的里拉琴，比赛结果自然是阿波罗获胜。阿波罗作为乐神出现时，身边常陪伴着缪斯女神，正是因为她名字的缘故（英文"Muse"），音乐也被称为"Music"或"Musik"。

在中国古代神话中，有关音乐起源的神话也很多，几乎所有的重要神祇都是乐器或者乐曲的发明者，或者他们命令属下制作了乐器或乐曲。例如女娲发明了笙簧和箫；伏羲创制了琴、瑟和埙，并且创作了《驾辩》《扶来》等乐曲，皆为"要妙之音，可乐听也"。至今在河南淮阳每年农历二月初二至三月初三的人祖庙会上，还有许多百姓兜售自制的泥埙，他们说：这泥埙是人祖爷爷和人祖奶奶造人的时候

创制的。在一些古代文献中，神农也是琴和瑟的发明者，他"始削桐为琴，绳丝为弦，以通神明之德，合天人之和"（《路史·发挥二》注引《桓谭新论》），"以定神，禁淫僻，去邪欲，反其天真"（《世本·作篇》张澍稡集补注本)，他还命令刑天创作了"扶犁"之乐、"丰年"之咏；颛顼命飞龙氏铸造了洪钟，声振而远；帝喾命令咸黑创作了乐歌，有倕创造了鼓、钟、磬、管等乐器，然后命人鼓掌击节，吹奏这些乐器，命凤凰随之翩翩起舞等。在这些有关音乐起源的神话中，最出名的也许是黄帝的臣子伶伦"造律吕"的神话。据《吕氏春秋·

|传说中的凤凰|

古乐篇》的记载，黄帝命令伶伦作律，伶伦便到阮喻山北面的山谷中，"取竹厚薄均匀者，从两节间截断，长三寸九分，吹之以为黄钟之宫"。他又根据凤凰的鸣叫声分别定出了十二乐律，据此发明了五声（宫、商、角、徵、羽）和八音（八类乐器发出的声音），这些发明奠定了中国古代音乐的基础。由于伶伦的杰出贡献，他被后人奉为演艺界的祖师爷，古代乐言被称为"伶官"，

演艺界人士也常常被称为"伶人"或"伶伦"。

四、否定型文化起源神话

在文化起源神话中，有这样一类神话，它们说明了为什么一些特定的文化因素在某个民族中不存在，日本神话学家大林太良称这类神话为"否定性文化起源神话"。在东南亚，尤其在亚洲内陆的一些民族中，广泛流传着"被遗失的文字"的神话，这类神话讲述的是某一民族原本与其他民族一样有文字，可是后来由于某种原因，他们的文字遗失了，所以至今没有文字流传下来。这类神话在我国的拉祜族、基诺族、佤族、傣族等民族中也有流传，神话中遗失文字的原因大多数是"祖先吃掉了写有文字的东西"。例如拉祜族的神话中说：天神厄莎命名了九个民族，并分别发给他们文字。给汉族祖先的文字写在了竹片上，后来汉族就有了书；给傣族祖先的文字写在了贝叶上，后来傣族有了贝叶经；最后给拉祜族祖先的文字写在了粑粑上。拉祜族祖先在回家途中，因为饥饿难忍，便把粑粑吃了，所以一直没有文字，凡事都只能记在心里。

日本学者工藤隆和冈部隆志将这类神话归为"讲述自己不足的神话"。工藤隆认为这类神话在现实中具有某种实用性功能——通过讲述本民族的不足以"自嘲"，从而把握更接近现实的自我形象，并获得内心的安宁。冈部隆志的意见与此异曲同工：这类神话与其他民族做比较而讲述自己的不足，是把本民族所处的险恶的现实环境作为不幸来把握，并在神话中寻找根据并加以确认，这是他们接受宿命论的重要方法之一。

神话对中国社会和
文化的影响

| 神话对中国社会和文化的影响 |

神话是人类对世界的最初感知与愿望表达，是早期人类综合性的意识形态，可以看作是一种百科全书式的知识体系。

从神话中，我们能找到人类的哲学、艺术、宗教、风俗习惯乃至价值体系的起源。在现代人看来也许有些荒诞的描述中，包含着古人心目中的世界起源、宇宙模式、万物关系、民族历史、宗教观念乃至各种日常生活知识。这些早期的感知和认识在以后的漫长岁月里不断演变传衍，从而给传承和运用这些神话的社会和文化打上了或深或浅的印记。

一、神话对中国宗教信仰的影响

神话讲述的是超越于人类的神祇、始祖、文化英雄和神圣动物的故事，在世界许多宗教信仰体系中，神话往往构成了宗教信仰观念和教义的基础，神话中所讲述的那些创世的神祇、文化英雄和神圣动物往往是宗教信仰中被崇拜的对象。中国的神话也是如此：神话以对最初起源的追溯阐明信仰观念和行为存在的理由，确立信仰的合理性和合法性，神话中叙述的主要角色和事件常常成为各民族民间信仰中神灵崇拜和祭祀仪式的基础。

| 娲皇宫 |

在河北涉县，有一座供奉女娲的庙观群——娲皇宫。当地流传着不少有关女娲捏土造人、炼石补天的神话，每年农历二月十五日到三月十八日，娲皇宫都举办庙会，附近百姓以及晋东南、晋中、豫北、冀南等地的香客也纷纷来这里进香"朝顶"。去娲皇宫朝顶是一件神圣的事，"不干净的人"（指品德不好、作风不正派的人）被认为是没有资格去"朝顶"的。相传农历三月十五日是女娲的生日，十四日夜，庙群中子孙殿的大院

里常常坐满了前来进香守夜的女香客，"坐夜"显示了她们对女娲的虔诚敬意。第二天一早，人们纷纷抢烧第一炷香，以求女娲保佑自己今年顺利吉祥。女娲神话产生于人们对女娲神力的虔诚信仰，而它们产生之后广为流传，对当地的女娲信仰起到了巩固和强化作用，为相关的信仰观念和行为提供了鲜活的证据，为相关民间信仰的不断延续注入了强大的动力。

二、神话对中国文学艺术的影响

神话具有艺术性，神话思维和神话内容本身都具有隐喻性和形象性，使得神话与文学、艺术结下了不解之缘。在中国文学史上，神话不仅为文学创作提供了形象化和隐喻性的思维方式，还为作家、艺术家提供了幻想、

哪吒

夸张、虚构等表现方法丰富的创作素材和原型，开启了浪漫主义文学的先河。许多著名文学家，例如庄子、屈原、陶渊明、李白、吴承恩、曹雪芹、鲁迅、郭沫若等，几乎都曾受到传统神话的影响，神话在他们的创作中往往起着重要的作用。比如曹雪芹在《红楼梦》中，就创造性地运用了女娲炼石补天的神话作为楔子，描写了一块"无材可去补苍天，枉入

红尘若许年"的顽石，在人世间亲历的离合悲欢与世态炎凉。在中国的艺术创作中，从古代的竹简、兽骨、青铜器、帛画、石刻，一直到当代的影视艺术，都不难发现神话的烙印。例如2003年起开始在中央电视台热播的动画片《哪吒传奇》，其中编织了诸多神话中的叙事情节和人物形象，例如女娲、盘古、祝融、共工、夸父、后羿以及三足金乌等。不过，在片中这些神话或者神话元素往往被赋予了新的内容和功能，从而重新建构了新的故事，譬如以往彼此没有太多关联的三足金乌和夸父追日的神话被串联、复合起来，夸父追日的动机变得更加清晰，其形象也变得更加崇高悲壮，成为一个大公无私、

富于自我牺牲精神的伟大英雄。电视剧对包括神话在内的中国民间传统予以吸纳并重新构建，达到了讲述中华民族的优良传统，弘扬民族精神的目的。

三、神话对中国人日常生活的影响

神话既受到不同人的影响，也反过来塑造着人们对世界的认识和态度，为人们的行为提供证据和理由，也为人们的日常生活提供意义、典型以及别样的趣味与风情。在中国的许多地方，都有春节时贴门神的节日习俗。门主出入，对家庭的安宁与顺利而言至关重要，所以古时家庭祭祀，门为"五祀"（门、户、中溜、灶、井）之首。贴门神的习俗原本具有很强的信仰色彩，人们相信在大门上贴上两位门神的神像，一切妖魔鬼怪都会望而生畏、退避三舍。而这一习俗的最初来源，则与神话有关。汉代王充的《论衡·订鬼篇》曾引《山海经》佚文："沧海之中，有度朔之山，上有大桃木，其屈蟠三千里，其枝间东北曰鬼门，万鬼所出入也。上有二神人，一曰神荼，一曰郁垒，主阅领万鬼。恶害之鬼，执以苇索而食虎。于是黄帝乃作礼，以时驱之。立大桃人，门户画神荼、郁垒与虎，悬苇索以御凶魅。"从此可以看出贴门神的习俗受到上述神话的影响，神荼、郁垒便是最早的门神形象。据《月令广义·正月令》记载：以前人们每逢过年时，用桃木刻上神荼、郁垒的形象立在门旁，也有人把公鸡毛和苇索绑在一起，用以守门镇宅。后来就用两块桃木板写上二位神祇的名字，这就是"桃符"的来历。再往后，用纸画两个人，贴在门上，就成了门神了。大年初一太阳升起的时候，家家户户都在大门上换上新的桃符以庆祝新年。王安石《元日》诗云："爆竹声中一岁除，春风送暖入屠苏。千门万户曈曈日，总把新桃换旧符。"描述的就是辞旧迎新时更换桃符的情形。以后，门神的来源逐渐增多，如今更常见的门神像是秦叔宝、尉迟敬德、钟馗、赵公明、燃灯道人等。

四、神话对中国人精神的影响

神话以形象的语言表述了早期人类对自己与宇宙关系的感知，在许多神话中，蕴含着人类共有的情感和思想。不过，在漫长的历史发展过程中，随着这些神话不断在特定的地域和族群中流传，也对传承这些神话的人们的精神和世界观产生了影响。尤其是一些从特定的族群和文化中起源、带有特殊个性的神话，更为这一文化种下了最初的文化因子，为以后该族群的世界观、道德伦理观定下了基调，在世代传承中不断塑造着群体的性格和精神。

例如，在西方有名的希伯来神话和希腊神话中，洪水的发生都源于神对人类罪孽的惩罚，人也都是听从神的旨意从洪水中逃生，而后重新繁衍了人类。而在中国的各类洪水神话中，治水往往是故事的核心。譬如鲧禹治水神话的主旨，不是消极被动地服从神的命令或者等待神的拯救，而是依靠自己的努力，主动去征服自然灾难，哪怕为此付出巨大的代价。鲧偷了天帝的息壤去堵塞洪水，没有成功，被天帝所杀，后来腹中生出了禹（一说禹母吞神珠如薏苡，胸坼生禹）。禹前仆后继，继续治水，相传禹治水十三载，三过家门而不入，最终平定了洪水。由于禹的神功伟绩，他被人们尊为"大禹""禹王"，成了夏人的始祖，至今仍受到人们虔诚地供奉。在女娲补天的神话中，女娲虽然身为神圣的女神，却并不能轻而易举地修复毁坏的天空，需要付出的艰苦劳动，才能最终完成任务。在不少现代民间口承神话中，对此是这样描述的：女娲不辞辛劳地到处采集五彩石，又用自己的唾液和精气把它们炼成补天的材料，历尽千辛万苦，虽然最终补好了天上的漏洞，可她却因过度劳累而死，在仅缺一块石料的关键时刻，毅然以身补天，她的五彩霓裳化作了天空里永远的五彩云霞。

女娲补天、鲧禹治水、精卫填海、夸父追日等神话在人群中广为传播，鼓励着一代又一代的中国人为了实现自己的梦想和心愿，坚韧不拔，百折不挠，顽强奋斗！

神话产生于人类社会早期，它的力量，在于它是人类各个群体的文化源头和根脉。中国神话不仅在发生学意义上对中国的宗教信仰、文学艺术、日常生活、民族精神和世界观念的构成等具有极为重要的意义，在之后不同历史时期和不同形式的文化建构过程中，也始终是重要的文化资源，发挥着长远而深刻的影响，并参与了塑造和建构民族文化与民族精神的过程，成为中华文明的重要组成部分。为响应联合国教科文组织的倡议，中国一些地方的神话与民间祭典一道被批准、认定为国家级的非物质文化遗产，神话更是被纳入重新建构富有中国特色的当代公共文化体系的社会行动之中。可以预见，在未来的岁月中，中国神话将继续被中国人以多种方式传承和享用，并为中国社会和文化的重新建构提供滋养，成为实现中华民族伟大复兴的重要资源。

中国神话是中华文明的重要来源，记录着早期中华民族的幻想与抗争，在许多方面影响了一代代中国人的精神观念的形成及其特征。

图书在版编目（CIP）数据

创世神话 / 杨利慧著 ；杨利慧本辑主编. -- 哈尔滨 : 黑龙江少年儿童出版社，2020.9（2021.8重印）
（记住乡愁 : 留给孩子们的中国民俗文化 / 刘魁立主编. 第六辑，口头传统辑. 二）
ISBN 978-7-5319-6511-4

Ⅰ．①创… Ⅱ．①杨… Ⅲ．①神话—作品集—中国 Ⅳ．①I277.5

中国版本图书馆CIP数据核字(2020)第172711号

记住乡愁——留给孩子们的中国民俗文化　　　　　　刘魁立◎主编
第六辑 口头传统辑（二）　　　　　　　　　　　　杨利慧◎本辑主编
创世神话 CHUANGSHI SHENHUA　　　　　　　　　杨利慧◎著

出 版 人：商 亮
项目策划：张立新 刘伟波
项目统筹：华 汉
责任编辑：张愉晗 张 喆
整体设计：文思天纵
责任印制：李 妍 王 刚
出版发行：黑龙江少年儿童出版社
　　　　　（黑龙江省哈尔滨市南岗区宣庆小区8号楼 150090）
网　　址：www.lsbook.com.cn
经　　销：全国新华书店
印　　装：北京一鑫印务有限责任公司
开　　本：787 mm×1092 mm　1/16
印　　张：5
字　　数：50千
书　　号：ISBN 978-7-5319-6511-4
版　　次：2020年9月第1版
印　　次：2021年8月第2次印刷
定　　价：35.00元